作者的話｜金慧恩

我好奇的那些故事既不微小，也不雄壯，而我喜歡用圖像將它們重現出來。
我今天也仔細端看著那些因害羞而不敢發聲的事物。
我以著一顆喜愛藝術與大自然的心，畫出了這本《鉛筆》。

鉛筆
연필

作　　　者	金惠恩	
譯　　　者	陳靜宜	
封 面 設 計	許紘維	
內 頁 版 型	高巧怡	
行 銷 企 劃	劉旂佑	
行 銷 統 籌	駱漢琦	
業 務 發 行	邱紹溢	
營 運 顧 問	郭其彬	
童 書 顧 問	張文婷	
副 總 編 輯	賴靜儀	
出　　　版	小漫遊文化／漫遊者文化事業股份有限公司	
地　　　址	台北市103大同區重慶北路二段88號2樓之6	
電　　　話	(02) 2715-2022	
傳　　　真	(02) 2715-2021	
服 務 信 箱	service@azothbooks.com	
網 路 書 店	www.azothbooks.com	
臉　　　書	www.facebook.com/azothbooks.read	
發　　　行	大雁出版基地	
地　　　址	新北市231新店區北新路三段207-3號5樓	
電　　　話	02-8913-1005	
傳　　　真	02-8913-1056	
劃 撥 帳 號	50022001	
戶　　　名	漫遊者文化事業股份有限公司	
書 店 經 銷	聯寶國際文化事業有限公司	
電　　　話	(02)2695-4083	
傳　　　真	(02)2695-4087	
初 版 一 刷	2024年2月	
定　　　價	台幣420元	

ISBN　978-626-98209-7-9
有著作權‧侵害必究
本書如有缺頁、破損、裝訂錯誤，請寄回本公司更換。

國家圖書館出版品預行編目 (CIP) 資料

鉛筆 / 金惠恩繪. 著 ; 陳靜宜譯. -- 初版. -- 臺北市 : 小漫遊
文化, 漫遊者文化事業股份有限公司出版 ; 新北市 : 大雁
出版基地發行, 2024.02
44 面 ; 21.6 × 29　公分
譯自 : 연필
ISBN 978-626-98209-7-9(精裝)
862.599　　　　　　　　　　　　　　　112022941

★童書作家與插畫家協會臺灣分會會長
　(SCBWI-Taiwan) ／嚴淑女◎專文導讀推薦

※ 掃瞄QR-code 看精彩導讀
　＋免費下載「彩繪心中的森林」
　圖畫底稿

漫遊，是關於未知的想像，嘗試冒險
的樂趣，和一種自由的開放心靈。
www.facebook.com/runningkidsbooks

小漫遊　　f　小漫遊文化

大人的素養課，通往自由學習之路
www.ontheroad.today

遍路文化　f　遍路文化‧線上課程
on
the road